三國風雲人物傳 ③

顛沛英雄劉備

宋詒瑞 著

新雅文化事業有限公司
www.sunya.com.hk

目錄

本書內容參考並改編自史書《三國志》、
小說《三國演義》及其他有關資料。

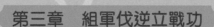

三國人物關係圖

曹操陣營

謀士

 司馬懿 字仲達

 郭嘉 字奉孝

軍師 →

 曹操 字孟德

武將

 徐晃 字公明

 張遼 字文遠

 夏侯惇 字元讓

 曹洪 字子廉

 曹仁 字子孝

劉備陣營

五虎大將軍

 關羽 字雲長

義兄弟

 張飛 字翼德

義兄弟

 趙雲 字子龍

 馬超 字孟起

 黃忠 字漢升

 劉備 字玄德

皇叔

妻子

武將

義子

 關平 字坦之

 周倉 字元福

謀士

軍師

 諸葛亮 字孔明

哥哥

孫權陣營

孫權 字仲謀

家族 →

妹妹 孫尚香

軍師

武將

黃蓋 字公覆

周瑜 字公瑾

陸遜 字伯言

呂蒙 字子明

謀士

魯肅 字子敬

諸葛瑾 字子瑜

天子及諸侯們

漢獻帝

脅持 →

父親

漢靈帝

董卓 字仲穎

義子 ←

武將

呂布 字奉先

華雄

袁術 字公路

弟弟 →

袁紹 字本初

武將

顏良

文醜

第一章
皇室子孫懷大志

母子相依

　　那是在東漢末年漢靈帝年代，在幽州涿縣一間破舊的小茅屋裏，一個十來歲的男孩正幫着母親編織草蓆。

　　母親的雙手嫻熟地忙碌着，把一根根修長的乾草橫豎交叉有序地緊緊編排在一起，地上的那張草蓆已經編了大半。男孩只是在乾草堆裏挑選合用的及時遞給母親，等一根乾草編入蓆中之後再遞上一根，工作節奏不那麼緊張，所以他一邊**漫不經心**地挑選着

乾草，一邊沉思着。

「德兒，在想什麼呢？」母親問。

男孩抬頭回答道：「媽，人們總說我是皇家族人，這是真的嗎？但是我們為什麼這麼窮呢？」

母親歎了一口氣，緩緩地說道：

「唉，是，是皇家人，這是沒錯的。說起來那是前十幾代的事了。你的祖先劉勝是**漢景帝的兒子**中山靖王呢！」

「那麼，皇帝兒子的後代，怎麼不住在京都呢？」兒子追問。

「那是因為劉勝一個叫劉貞的兒子，在擔任亭侯職務的時候犯了一個錯──朝廷說他上貢給天子祭祀寺廟的禮金，成分不夠格、分量不足，所以削了他的爵位和封地。劉家只得回老家涿縣，從此與皇室已經沒有了聯繫。所以儘管你有着皇族的血脈，但現在只是**一介平民**了！」母親補充

說：「也許，這也是當年皇帝為削弱諸侯勢力的一種手段罷了。」她搖頭歎息。

兒子低頭不語，小小年紀的他已經體會到皇室天子的無限威力了。

「但是，你的祖先們不愧是皇室後裔。」母親接着說，語氣變得高昂：「之後的幾代都是讀書人，近一百年來，歷代祖宗都成為了朝廷的官。不說遠的，你的爺爺劉雄被推舉為孝廉……」

「媽，什麼是孝廉？是官名嗎？」德兒問。

「朝廷是通過考試來任用官員的，

孝廉是考試的一個項目，意思是要孝順父母、辦事清廉。爺爺考到了這個，就被任命為東郡范縣的縣令，那是個不小的官呢！」母親詳細為他解釋。

「媽，您怎麼知道這麼多？」

「都是你父親生前告訴我的。」

「那麼爸爸呢？他也是朝廷的官嗎？」兒子問。

「你爸爸劉弘是州郡的一個小官，可惜那年得了癆病，早早去世了。」母親抹着眼淚說。

德兒那時太小，腦海中沒有父親的記憶，但他知道癆病是個可怕的絕

症，村裏人誰患上了這病，沒人能活下來的。

「媽，您獨自撐起家，撫養我長大，太不容易了。」德兒已懂得**寡母**的辛苦。

「是啊，我們也沒什麼田地可耕種，只能去採集這些乾草回來。好在我從娘家學得這些編織草蓆草鞋的手藝，可以在家裏幹活，變賣些錢湊合着過日子⋯⋯」母親的一雙手因常年編織，已是**粗糙不堪**。

懂事的德兒就常常去山上林間收割乾草揹回家，在母親編織時幫一把，挑選可用的長乾草出來供織蓆，餘下

的短雜草就搓成草繩可編草鞋。等屋裏堆積了一些草蓆草鞋，就和母親一起挑擔帶到市集去販賣。母親還在茅屋前後的一丁點地上種些蔬菜瓜果，母子倆就如此克勤克儉地生活着。

「媽媽，您太辛苦了！」兒子放下手中的活兒，深情地望着媽媽。

「為了你，為了這個家，這點苦不算什麼。」媽媽淡然地說：「只是你要記住你祖上數代的業績，長大了也要為國家做事，建立功勳。」

「知道了，媽。」

「好了，不多說了。等我織完這條蓆子，再編幾雙草鞋，後天就可以拿

去市集賣了。」母親加快了手上的活兒，兒子也就不再多問，認真地一條條挑選着乾草。

德兒的大名是劉備，玄德是他的字。這就是**顛沛英雄**──劉備早年的生活。

狂妄少年

劉備家的東南角有一道籬笆，籬笆旁長着一棵大桑樹。這樹長得很奇特──它不像一般的桑樹那麼矮，樹高五丈、枝葉茂盛。最奇特的是樹頂的密密枝葉形成很完整的半圓形，投下大片樹蔭供人納涼休憩；也吸引了

無數雀鳥在枝間築巢棲息，整日能聽到嘰嘰喳喳的鳥鳴聲。劉備和小伙伴們常在樹下玩。

有一天傍晚，村民們照例在飯後相聚在這棵大桑樹下休息聊天，有人指着大樹說：「你們看，我們村這棵桑樹的形狀像什麼？」

一個大叔說：「這圓圓的樹頂，就像皇帝出巡時坐的馬車上的羽毛頂蓋，你們說像不像啊？」

大家抬頭望着大樹，紛紛點頭道是。

一位老人摸着鬍子說：「這棵桑樹生長的姿勢的確很特別，這是一個好

兆頭，看來我們村會出貴人呢！」

　　在樹下玩耍的小劉備拍拍胸脯對小伙伴們說：「等我長大了，一定要坐有這樣羽蓋的馬車！」

　　小伙伴們**哄然大笑**，有個孩子大聲說：「玄德，你也太會吹牛了吧！」

劉備哼了一聲：「好吧，走着看！」

劉備的一個叔叔劉子敬在一旁聽到了這番對話，走過來把劉備拉到一旁，屬聲責備他說：「你別這樣亂說，**禍從口出**，會招致滅絕我們全家族的！」

劉備沒說什麼，走開了。

＊　　　＊　　　＊　　　＊

小小年紀的劉備，果然是有些與眾不同。先看看他的外表，他的長相經常是親友們閒談的話題。

「你們看，劉弘家的玄德長得很不一般啊！」

「是啊，你看他個子高高，比同齡

孩子高出許多，一副好身材！」

「這個身材，看來以後還會長高，是古人說的玉樹臨風的架勢啊！」

「他不僅長得高，你們看，他的兩隻手也特別長，長過他的膝蓋呢！」

說到這裏，小伙伴們就來圍着劉備仔細打量：「伸直你的雙手，看看有多長！」

大家都來與他相比，果然，一般人的雙手伸直了都是在膝蓋以上，惟有劉備的雙手下垂後竟過了膝蓋！

又有人有了新發現：「你們有沒有注意到，玄德的兩隻耳朵又大又長，很特別呢！」

　　劉備本來也沒留意過自己的耳朵長得怎麼樣，聽朋友們這麼說，他就斜過眼望了一下說：「咦，好像我的耳朵比你們的大多了！」

　　有人驚呼：「哇，你能看到自己的耳朵！」

　　「是啊，你們看不到自己的耳朵嗎？」劉備反問。

　　這件奇事又傳開了──這個玄德**雙手能及膝，雙目能見耳**，是個奇人啊！

　　有些老人家就在私下嘀咕：這明明是一副帝王相啊！看來劉家的這個玄德不是普通人，我們村要出人才了！

這些話劉備聽得多了，不由得心中也有些**洋洋得意**，心想自己的這副長相可能是皇室血脈的傳承吧，看來我是皇室之後，此事不假！日後坐上華蓋馬車，豈非不能？

＊　　　＊　　　＊　　　＊

除了外表與眾不同，劉備的性格也有很多特別之處：

他雖然也常常和一羣小伙伴在一起玩，但是卻顯出與同齡孩子的相異——他說話很少，沉思較多；大喜大悲的事他都不會流露出自己的反應，顯得**為人深沉**。所以有人說：玄德像個小大人！

另外，他家雖然貧困，沒有錢購買上好的衣衫，但是劉備很注重衣着打扮，出門總是穿得**乾乾淨淨**、利利索索的。下雨天，孩子們喜歡在泥水裏玩耍，互相潑水取樂，他們大叫：「玄德，下水來一起玩！」劉備總是找個藉口躲得遠遠的，他要保持自己整潔的儀表。

但是劉備待人很厚道，願意幫助人，喜歡結交朋友，所以孩子們還是很願意與他交往。

自己是劉姓皇族後代，要注意為人**處世方式**，要對得住身體裏流淌的**宗族血脈**，要維護漢皇室——這恐

怕是自幼深深印刻在劉備心中的志向吧！

拜師盧植

劉備的母親雖然是個普通農婦，但畢竟是與皇室後裔攀了親，嫁進了官吏之家，知道讀書識字的重要。限於家境窮困，不能為兒子聘請老師來家，但她時時督促兒子讀書自學：

「德兒啊，人要有志，我不想你一生在村裏消磨日子。你要多多讀書，人有了本事就有機會，才能像你的祖先那樣，在朝廷做官，為百姓辦事啊！」

「知道了，媽。我會用功的。」家中父親留下的書籍不少，他不愁沒書看。

但是年幼的劉備好像對讀書的興趣不大，反而喜歡和伙伴們在街頭流連，和底層人交朋友，接觸民眾。在母親眼中看來，這真是有點吊兒郎當了。

她心中很着急，不想兒子就這樣**虛度光陰，一事無成**。她就和小叔子敬談及此事：

「子敬啊，玄德整日在外遊逛，不是件好事啊！有什麼辦法收收他的心？」

叔叔沉思片刻，說道：「是啊，玄德是有**潛質**的，不能耽誤了他。我看，應該把他送去拜師學習，離開他現在天天混在一起的這個小圈子，擴闊他的眼界。」

劉氏說：「這是個辦法。玄德已經十五歲，不能再拖延了。拜托叔叔給他找位師傅吧！」

過了幾天，子敬帶來好消息：「有了有了，找到老師了！」

「是哪一位啊？」母親急切地問道。

「是**大名鼎鼎**的學者盧植，也是我們涿縣人，原本任職九江太守。

23

他剛卸任下來，還沒有新的任命，就回老家來了。現在在家辦了一個學堂，收費不多，我看把玄德送去學習吧！」

「哦，是個有大學問的人，當然不錯！但不知學費是多少呢？」母親很擔憂。

子敬說：「這個嫂嫂就不要管了，我會想辦法的。」

子敬說到做到，他在宗族裏為劉備籌集了一些錢。同宗的劉姓人聽說是為劉弘家的玄德湊學費，覺得這孩子是個**可造之才**，都願意幫一把。

盧植雖是當時的大儒，但為官期間

也曾在九江平定蠻族作亂，使蠻族歸順朝廷，可說有文才和武功。後來因生病就辭職回鄉，**著書立說**，同時也招收弟子教學。

那是公元175年，漢靈帝熹平年間，劉備與同宗的劉德然離開家鄉一起去拜盧植為師。同學中有一位叫公孫瓚的世家子弟，與劉備稱兄道弟，成了半生的好友。

公孫瓚，字伯珪，幽州遼西人。他比劉備大十來歲，早就在郡裏做文書工作，因為才幹過人，太守把女兒嫁給他。在一輩十幾歲的少年學生中他顯得成熟得多。性格**穩重沉着**的劉備

引起了他的注意，覺得這個少年與眾
不同。一天，他就主動與劉備搭話：
「玄德，你覺得盧大師的教學方法如
何？合你的心意嗎？」

　　面對這位年長的師兄，劉備**畢恭
畢敬**地回答說：「小弟不敢妄言，但

是我覺得盧大師的教學方法很特別。他不像一般的私塾老師只要求學生死讀經書，而是注重為學生分析解釋經書內容，啟發我們多多思考，說出自己的獨立見解。這種教學方式很合我意，不知師兄意下如何？」

公孫瓚很滿意劉備的回答，也接着說：「是啊，我也不喜歡**死記硬背**的學習方法。盧大師不愧為大儒，繼承春秋戰國時期諸子**百家爭鳴**的精神，讓學生也能參與討論，發表自己的想法，做到『**教學相長**』。這是很開明的做法。」

「我們能拜師在此，實是非常榮幸

的事。」劉備說。

「還不止於此呢，盧大師為官時，曾平定蠻族；他為人清廉剛正，拒絕賄賂；還常上書朝廷**針砭時弊**，宣傳和平公義……」公孫瓚補充說。

「啊，大師確是我輩的**楷模**！」劉備歎道。

往後的接觸中，兩人非常投契。早早踏入官場的公孫瓚經歷豐富，與他的交往使劉備打開了眼界，了解很多聞所未聞的政局世事。

劉備並不熱衷於讀書做學問，但盧植學堂的學習對劉備來說不是一件苦事，日子反倒過得很輕鬆。同來學堂

的劉德然是劉備的同宗兄弟，德然的父親劉元起很疼愛劉備，每月給德然生活費時總是同樣給劉備一份，把他當作自己兒子一樣對待。日子一長，元起的妻子不滿意了，說：

「劉弘和我們是兩家，何必如此在他孩子身上花錢！」

元起說：「我們劉姓宗族裏的這個孩子，不是普通人啊！」

正是因為有了元起的經常資助，加上公孫瓚公子哥兒式生活的影響，劉備求學時的生活過得很**豐裕**，不像個清貧家的孩子——他喜歡遛狗玩馬、聽音樂、穿漂亮的衣服、結交朋友同

遊。他的性格平和，**謙遜待人**，也講義氣，所以人緣很好，很多人喜歡他，一些年輕人都**聚攏**在他身邊聽從他。這是劉備日後起事時**一呼百應**的基礎。

第二章
桃園結義三兄弟

學堂解散

劉備在學堂求學的日子並不長。兩年後的一天，盧大師**面容凝重**地來上課，鄭重地對學生說：「很可惜，我們要分手了，今天給你們上最後一課吧！」

學生們都很驚訝，不約而同齊聲問道：「為什麼啊？先生，出了什麼事？」

盧植緩緩地道來：「南夷又**蠢蠢欲動**，騷亂百姓。在九江任期我曾

平定夷亂，安撫區內百姓，有恩於南夷頭目，故朝廷任命我為揚州廬江太守，再度征戰。此學堂不得不解散了。」

學生們都感悽然，低頭不語。較年長的公孫瓚打破靜默說道：「先生此行**任重道遠**，為國土安寧出戰，您千萬要多多保重啊！」

劉備也接着說：「在此拜師求學兩年，承蒙先生**諄諄教誨**，學生**獲益匪淺**。先生之愛國心護民情，學生將永遠銘記在心。」

盧植歎道：「如今漢室實力已大不如前，各地亂情也時有所聞，百姓

生活艱難困厄。望你等有機會定要效力朝廷一展抱負，為民除害，盡忠報國，方不負在此學堂共聚兩年師生之情！」

眾學生諾諾稱是，與老師依依惜別。盧植語重心長的一番話，以及他為人處世的榜樣，已經深深印刻在劉備心中。

第二日各人分道揚鑣，各自回去家鄉。劉備和公孫瓚也分別回到涿縣和幽州遼西。但是他倆真是有緣，分開沒多久就又相逢了！

那一天，劉備照例和一班青少年在街頭閒逛，論狗評馬、談天說地……

忽見一行差役整隊前來，**簇擁**着一頂官轎大聲吆喝着：「讓道！讓道！」路人一見知是大官駕到，紛紛急忙走避，街上頓時**雞飛狗跳**，一陣紛亂。

劉備與友伴們議論說：「這是哪位大官啊？」官吏們一般很少出門的，這種大陣仗平日不多見。於是他們打算跟着官轎一行人走，看看是怎麼一回事。

官轎走到縣府大門口停了下來。劉備聽到周圍的路人在說：「這是新來的縣令上任，是我們的新官老爺啊！」

一名差役走上前，掀開轎子門簾，

從轎上走下一位**儀表堂堂**的官吏——
這位新縣令不是別人，竟是與劉備分
別不久的昔日同窗公孫瓚！

公孫瓚被任命來這裏當涿縣縣令，
這是劉備做夢也想不到的事！他見到
新來的縣令居然是老朋友，驚喜得忘
了應有的禮儀撲上去大叫：「是您伯

珪啊！真想不到我們又見面了！」公孫瓚身邊的差役趕忙拉住了劉備，公孫瓚揮手撤退了差役，與劉備寒暄了幾句，約他日後去縣府見面。劉備的一夥朋友們在一旁看得目瞪口呆。

當然，這次的相逢與在學堂時大為不同——當時是同窗並坐學習的同學，如今一個是堂堂縣令大人，一個是十七、八歲的遊蕩少年，自然不能像往日那樣隨意交往。

但是劉備因為有了與縣令官的這份交情，在當地更受年輕人的追崇，他的言行有了更大的號召力，身邊聚集了越來越多的弟兄們。

巧遇張關

到了184年光和年間，東漢的國情越來越差，劉備與他的伙伴們時常在談論國事。

「你們知道嗎？近來河北、山東一帶有很多起農民暴動呢！」

「是啊，平鄉有個叫張角的醫生，聽說替人治病很靈。他創建的『太平道』有個口號是『人無貴賤，皆天之所生』，很得人心，糾集了好幾萬人呢！」

有人不擔心：「嗨，幾個農民搗亂，成不了氣候！」

劉備表示了他的憂心：「但是漢

室太弱了——太監掌權，皇帝無能，土豪劣紳霸佔土地無惡不作，加上天災，**民怨四起**……不能小看，這些動亂會更削弱朝廷啊！」

果然，張角的隊伍越來越壯大，二月間終於正式舉旗造反。四、五十萬人頭纏黃巾，由張角和他的兩個弟弟、八個弟子帶領，數支隊伍從四面八方一路殺來，在黃河南北、長江兩岸攻佔城鎮，焚燒官府、殺害官員、搶奪地主的土地，直奔首府洛陽。

朝廷慌了手腳，急令各地**招兵買馬對付黃巾軍**。那天，劉備在市集上見到一羣人圍着一張告示在議論紛

紛，便也湊了上去。

　　一個農民模樣的老人問劉備：「這
是什麼啊？上面寫了什麼？」

　　「哦，這是幽州太守劉焉的招兵
榜。」劉備一邊瀏覽着榜文一邊回答。

「招兵？為什麼招兵啊？」

「為了對付黃巾軍，有人造反了，我們的皇帝危險了！政府號召成年男丁報名參加義勇軍，報效國家，**從軍殺敵**！」劉備說。

老農嘟嘟囔囔地走開了。劉備搖頭歎息，自言自語道：「唉，皇室如此危險，怎麼辦呢？」

忽聽得背後洪鐘般的一聲怒吼：「哼，堂堂男子漢大丈夫，不去報名從軍為國出力，在這裏歎什麼氣！」

劉備大吃一驚，回頭一望，只見一個**彪形大漢**站在面前。此人高約八尺，虎頭虎腦，滿臉**絡腮鬍子**，一看

就是個性格剛強的漢子。劉備忙不迭拱手問道：「請問先生尊姓大名？」

　　大漢抱拳回禮道：「本人姓張名飛，字翼德，賣酒殺豬為生。平生愛結交天下豪傑，見先生長相不凡，可否一聞姓名？」

劉備答道：「我本是漢皇族的宗室，但現在流落在外，漢室有難，卻報國無門，因此歎息。」

張飛説：「先生**胸懷大志**，甚合我意。我小有家產，本就欲參軍殺敵，不如我們**攜手合作**，幹一番事業，如何？」

劉備大喜，連聲稱好。張飛説：「我在郡裏開了一家酒館，離這兒不遠，我們倆去那裏喝兩杯，詳細商談。」

兩人來到張家酒館，擺上酒菜，正欲對飲，忽聽得門口傳來激烈的爭吵聲。酒店伙計前來告訴張飛説外面有

人在鬧事，張飛放下酒杯出去看個究竟，劉備也跟在後面。

只見一個**身高九尺餘的紅臉大漢**，一把鬍子足有兩尺長，正扭着一個伙計大聲吼着：「我就要吃肉，給老子拿肉來！」

那個伙計一再解釋：「店就要打烊了，肉都賣完了！」但是大漢就是不鬆手。

伙計就説：「我們店舖的豬肉都在這口井裏，你有本事就自己去拿出來！」

大漢走到井邊往下看，説道：「哪裏有肉，不是一塊大石頭嗎？」

伙計說：「我們用大石壓着，是為保持肉的新鮮。這塊大石啊，只有我們的店主才搬得動。你若是能搬了石頭拿到肉，我們就煮給你吃。」

張飛和劉備站在一旁看着，一直沒出聲。

大漢沒搭話，一捋鬍子，彎腰把手伸進井裏，竟輕輕鬆鬆就把大石搬開，提起了一大塊肉，哈哈大笑！

伙計看得目瞪口呆，不知說什麼才好。

張飛這才迎了上去，拱手向大漢作揖道：「先生真是天下一大力士，失敬失敬！小店伙計失禮了，我是店

主張飛，代為向先生道歉。快請進請
進！」

　　張飛和劉備把大漢引進店裏坐下，
兩人首先介紹了自己。劉備誇讚道：
「看先生臉比紅棗、眼如丹鳳、眉似
臥蠶，真是**相貌堂堂**、**威風凜凜**，
一副好福相啊！」

　　大漢說：「哪裏哪裏，僅是粗漢一名，剛才之事是一時興起，望莫見笑。」

　　張飛笑說：「先生**力大無窮**，令人欽佩。不知先生是哪裏人，為何來到此地？」

　　大漢喝了一口酒，歎氣道：「我本是河東解良人，姓關名羽，字雲長。只因平日愛練武功、愛打抱不平，所以惹了禍，不得不離家逃命⋯⋯」

　　劉備小心翼翼問：「不知先生在家鄉犯了什麼事？」

　　一提起此事，關羽不免又氣上心頭：「哼，那個縣官**作惡多端**，他的

小舅子**仗勢欺人**，強搶了民女想納作妾。我實在看不過眼，衝進縣府殺了縣官和那小舅子，成了通緝犯。當晚就逃了出來，一路流浪，已經五、六年了。聽說涿縣在招兵，特地趕過來報名從軍。」

劉、張一聽，喜上心頭，心想：這等熱血好漢，豈不是可攜手合作的理想伙伴？

結拜兄弟

劉備和張飛交換了一個欣喜的眼神，兩人**心照不宣**，認定面前這位紅臉大漢是位可結識的好漢。於是劉

備開口道：「雲長熱血心腸，可敬可佩！不知是否願意與我倆一起**共圖大事**？」

「什麼大事？不妨說來聽聽！」關羽認真地問。

劉備說：「如今時局混亂，漢室瀕危，我玄德和翼德都有報國之心，想組合愛國志士共同抗敵。不知雲長能否一起共事？」

關羽一聽，**毫不猶豫**回答說：「殺敵報國當然是我的心願，但是單靠我們三人成不了氣候，要組織起一支隊伍可不是容易事，要有相當的人數和物力……」

　　張飛接口說：「雲長說得對，你的憂慮正是我們需要認真考慮作準備的。至於資金方面，你倆不用擔心，小弟家中還有些錢財，有點田產可以變賣拿來籌買物資……」

　　劉備也說：「人員方面，如今百姓**民不聊生**，都想尋找一條生路。保家衛國也是大家的心願，我在家鄉具一定信譽，有一夥合心的朋友，召集幾百人應該沒有問題。」

　　關羽聽了很高興，說：「與兩位仁兄真是相見恨晚！兩位有錢出錢、有人出人，小弟就出一把力吧！**衝鋒陷陣**殺敵衛國，**義不容辭**！」

　　三人達成共識，舉杯齊飲。劉備建議道：「我們三人既然志同道合，何不結拜為兄弟，齊心辦大事？」

　　關、張都點頭稱是。張飛說：「我家莊園後面有一片桃林，現在桃花盛開，風景甚好。不如我們移步去桃園舉辦儀式，正式結拜。」

　　三人約定第二天再相聚結拜。但是劉備接到老家來人帶來口信，說是母親病重，危在旦夕。劉備急忙趕回老家，但已與母親陰陽兩隔。悲痛萬分的劉備守在母親靈前，深悔自己至今一事無成，辜負了母親期望。但也痛下決心：一定要報效國家，做出一番

事業來回報母親養育之恩，不負母親對自己的殷殷期望。

家族兄弟們協助劉備辦好喪事。如今的劉備子然一身，雖然為喪母悲傷，但也沒有了後顧之憂。他就整理了簡單的行裝，毅然告別老家，隻身來到鎮上，赴關、張之約。

那是早春三月天氣，張飛家的桃園裏，桃花灼灼開得正盛，增添一片喜慶之色。三人來到此地舉行結拜儀式。

張飛早就吩咐下人準備了白馬烏牛之首作為祭品，三人焚香後跪在祭壇前，舉起手中酒杯對天起誓：「我等

劉備、關羽、張飛三人雖然不同姓，但今願結為兄弟，同心協力，救國扶危；上報國家，下安黎民。不求同年同月同日生，只願同年同月同日死。皇天在上，實鑒此心。若背義忘恩，天人共滅！」

宣誓後，按照年齡稱兄道弟：二十八歲的劉備年紀最大，為兄；關羽二十五歲是二弟；張飛只有二十歲，是三弟。

結拜儀式結束後，張飛在莊園內大擺酒席，招待三百多名鄉民痛飲一番，宣告三兄弟組軍報國的壯志。

那天，正好有兩位中山縣的富

商——張世平和蘇雙，因販賣馬匹來到涿縣。兩人在街上見到眾人奔走相告，**喜形於色**，覺得很奇怪，便攔住一名路人問道：「郡裏出了什麼事？」

路人**興沖沖**地笑道：「你們沒聽說嗎？張莊主與兩好漢在自家桃園結拜兄弟，現在擺了酒席請鄉親慶祝，聽說還要招兵買馬殺敵呢！」

張世平對蘇雙說：「此事聽來頗有趣，是否有興趣去看看？」

蘇雙表示同意：「好啊，去看看是哪三位英雄好漢！」

兩人隨着人流來到張家莊園，又

獲人招呼入席坐下。抬頭見主席桌上坐着三位威風凜凜的大漢，張世平對蘇雙說：「可能就是這三位結拜兄弟了！果真相貌不凡！」

席間劉備發表了一番激動人心的演說，表明三人結義的心願是要同心協力對抗亂軍、保衛漢皇，並動員鄉民**踴躍**報名參軍。關羽和張飛也相繼發言表明心志。三人的講話不時獲得眾人高聲叫好。

兩位商人在席間聽得三人的報國宣告，深受感動，立刻上前表明身分說：「我倆是中山縣商人，今天聽聞桃園結拜及宴請之事，特來一看，甚

為三位好漢之愛國情懷所感動。」並宣稱：「我倆雖是做買賣的商人，但也心懷殺敵報國之志。如今願資助三位，略盡**綿薄之力**。」

劉關張三人大喜，劉備連聲道謝：「兩位先生此舉，無疑是**雪中送炭**，我等銘記在心，一定努力組軍殺敵，不辜負兩位期望。」

商人贈送了五十匹良馬、五百兩金銀、一千斤精鐵。劉關張三人趕緊分工準備，一邊招募鄉民入伍，一邊打造各類兵器和盔甲。組軍工作進行得**熱火朝天**。

第三章
組軍伐逆立戰功

出戰有功

劉關張三人結拜為兄弟後，日夜在一起備戰，**形影不離**。劉備與兩人吃在一起、睡在一起，也一起操勞，

凡事都親力親為。張飛對關羽感歎道：「大哥雖身為皇室宗親，但為人厚道，平等待人，毫無架子，實為難得。」

關羽也有同感：「是啊，看大哥一聲號召，鄉間眾多青年響應，前來追隨我們。招兵順利，全靠大哥平日的積德行善啊！」

張飛說：「看來我們是跟對了大哥，今後我願與大哥二哥為抗賊保國赴湯蹈火，出生入死在所不辭！」

關羽點頭贊同：「對，我們三人兄弟同心，利可斷金！」

關羽和張飛十分愛護大哥劉備，每

逢劉備出行，他倆都陪伴在側，**呵護備至**。日後多年的苦戰，證明了這三位結拜兄弟果真情重如山，互相協助永不放棄，成就了一樁樁戰場奇跡。

* * * *

出征前夕，關羽提醒劉備説：「打仗光憑膽量和力氣不夠，我們都要準備合乎自己心意的武器啊！」

「雲長説得對！」劉、張都表示同意。於是三人各自選製了稱心的武器——劉備打造了一副**雙股劍**，又名鴛鴦劍，一個劍鞘裏有雌雄兩把劍，右手握的雌劍重六斤四兩，長三尺四寸；左手握的雄劍重七斤十三兩，長

三尺七寸。劉備少時練過武功，能左右手同時一起舞動這鴛鴦兩劍。關羽讚道：「別看大哥一副白面書生樣，舞劍功夫真是有板有眼的呢！」

關羽打造了一把八十二斤重的**青龍偃月刀**，又名「冷豔鋸」，刀長九尺多，刀頭闊長，形狀好似半弦月；刀背有刃，刀頭與柄連接處有龍形吐口，故有此名。劉備說也只有力大無窮的雲長才使得動這把長柄大刀。

張飛原本就有一把名刀，是命鐵匠用赤珠山的鐵打造的「新亭侯刀」，這次他又打了根長一丈八尺的**蛇鋼矛**，隨軍出戰。

三人又各置辦了全身鎧甲。一切**準備就緒**，他們率領了五百多人的義勇軍，到幽州投靠在劉焉名下聽從調度，參與了多次抗擊黃巾軍的戰鬥。三人率領部隊時都衝殺在前，鼓舞了士氣，故次次獲得勝利。

公元188年中山縣太守張純叛亂，劉備等被推薦參與了鎮壓叛軍的戰役。初期順利，但後來因為指揮官誤判軍情陷入敵人包圍圈，導致政府軍敗退，劉備與部隊被打散了。敵軍撤退後，關羽和張飛四處尋找劉備，發現他坐在死人堆裏。他倆急忙上前問：「大哥，你沒事吧？」

　　劉備哈哈大笑道：「我死過一回了！」

　　關、張大驚：「怎麼一回事？」

　　「剛才敵軍衝上來，我來不及跑走，只得**躺在地裝作戰死**，還好沒被敵方士兵發現。」

關羽、張飛很慚愧：「大哥，是我們沒有好好保護你，才會讓你受驚了。」

劉備安慰他們道：「別這樣說，戰場上什麼情況都會發生。遇事要鎮靜，隨機應變設法生存下來。戰敗是常有的事，不能因此**氣餒**。」

劉備回營後向指揮官請戰，他們改變戰術，再次出擊，終於擊敗了叛軍。劉備就是這樣一個**堅韌不拔**的人，他不怕失敗，越戰越勇，永不放棄。

＊　　　＊　　　＊　　　＊

幾年內，劉備的隊伍先後殺了黃巾

軍大將程遠志、為青州漢軍解圍，又平定張純叛亂……多次建立戰功，名聲越來越大。

按常理，朝廷對有戰功的將領都會**論功行賞**、封官進爵，但是劉備卻遲遲沒逢上這樣的好運。

關羽為他抱不平了：「大哥帶領我們拼拼殺殺立了這麼多戰功，朝廷竟然毫無表示，太氣人了吧？」

張飛說：「哼，這就叫做『朝內有人好辦事』，我們朝內無人，所以就難了。」

劉備也解釋道：「看來這與我們的出身也有關係。我這隔了多代的皇室子孫已是**有名無實**的了。沒有家庭宗族背景，只是白手起家，比起其他將領，算是出身低微的了，得不到重視也是意料中的事。算了，我們不要計較這些，還是好好盡自己的本分吧。」

　　話雖然如此說，劉備心中也是不好過的。

　　後來多虧朝廷侍從官張鈞聽說了這事，覺得對劉備很不公平，於是向漢靈帝推薦了他。朝廷這才任命劉備為中山府安喜縣的**縣尉**，關、張跟着劉備去安喜縣上任了。

犯案潛逃

一個縣的最高長官是縣令，其次為縣丞，然後才是縣尉，主管治安，是個小官。關羽及張飛都為劉備感到不值，忍不住**大發牢騷**：「竟然只給大哥這個芝麻大的小官，委屈我們大哥了！」

劉備卻淡然處之：「朝廷已經注意到我們了，這是好事。一步步來，別着急。」

關羽對張飛說：「大哥就有這種**敗不餒、壓不垮**的韌性，我們就跟着大哥吧。」三人同寢同食，合作無隙。

劉備把安喜的治安管治得井井有條，對百姓**秋毫不犯**，不像以往的官吏那樣**敲詐勒索**、榨人血汗錢，所以百姓對他的印象很好。

但是只過了一個多月，就發生了大事。

那天，關羽從外面回來對劉、張說：「我聽人說，朝廷發布了命令，要辭退一批由於有戰功而被任命的官吏……」

張飛憤憤地説：「肯定又是皇帝身邊那些奸臣出的壞主意——撤掉一批官，以便安插他們自己的人！」

劉備**憂心忡忡**：「像我們這種沒

有官場背景的人，就是被整肅的對象了！暫且走一步看一步吧！」

幾天後，太守果然派來了督郵，說是來巡視安喜政務。劉備出城迎接郡裏來的這位高官，送到縣府的驛站住下。這位督郵態度**傲慢**，高高坐在太師椅上，對侍立在一旁的劉備久久不加理會，最後才問了一句：「劉縣尉是什麼出身？」

劉備畢恭畢敬回答道：「玄德是中山靖王之後人，參與**剿滅**黃巾賊匪戰役三十多次。」

不料督郵怒罵說：「你豈敢冒充皇親國戚，假報戰功！今日朝廷就要清

除像你這般混進衙門的濫官！」說罷
拂袖而去。

　　劉備回到衙門**悶悶不樂**，與關、
張等人商量應該怎麼辦。他手下有人
說：「督郵發那麼大脾氣，就是因為
你兩手空空去看他，什麼禮品禮金也

沒帶，你要學懂啊！」

劉備歎氣道：「我清清白白做官，只拿微薄的官餉，哪有什麼錢財可以孝敬他？」

關羽也說：「何況大哥也不是那種會**溜鬚拍馬**的人，怎會去做賄賂的事！」

張飛更是怒上心頭，一拍桌子說：「他竟**狗眼不識人**，等我去教訓這個狗官一頓！」

眾人把張飛勸阻下來，劉備說：「可能督郵大人只是不了解我，待我明天再去拜會他，與他談談。」

第二天，劉備去求見督郵，衙役去

通報。督郵聽説劉備又是空手而來，便拒而不見，也不説原因，只吩咐：「就説我公務繁忙，現在沒空見他，讓他等着吧！」

這樣一等就等了幾個時辰，劉備實在忍無可忍了，回衙門取了些東西回到驛站，也不通報，直接衝進客房。

只見督郵閒坐着喝茶，見劉備衝進來，大怒問道：「你來幹什麼？」

劉備一言不發，取出手中的繩子把督郵綑綁在地，又抽出腰間的柳條開始一下一下地抽打！督郵痛得哇哇大叫：「你造反了？來人啊，來人啊！」

　　誰知他叫來的不是差役，而是關張
兩大虎將。原來劉備**怒氣沖沖**回衙門
時，關張兩人已覺得情況不妙，但劉
備沒多說什麼，只叫他倆別跟來。兩
人還是不放心，等劉備走後商議了一
下，還是急急來到驛站。

此時，正聽得驛站客房裏傳來督郵殺豬般的哀叫聲，幾名差役要衝進去，都被關張制服。劉備已抽打了二百來下，**氣喘吁吁**地怒罵倒在地上的督郵：「讓你看看我劉備的本性，我做事清白，就是看不慣你這種貪官污吏！」

關羽舉起大刀說：「這狗官留着做什麼？斬了他吧！」

劉備阻止了他：「我不想取了他的狗命，給他一個教訓吧！這種芝麻大的官我也不想當了！」

說着，他從懷中取出縣尉的大印，把繫印的綬帶掛在督郵的頸上，然後

對關、張道：「我們走吧！」

走出驛站，劉備說：「這裏不能久留了，速速逃命吧！」三人收拾了些細軟，騎上快馬，**絕塵而去**。

督郵當然忍不下這口氣。脫困後告到郡太守那裏，太守便發出檄文追捕劉備等，**三人成了通緝犯**。

有一天，三人在逃難的路上，見到衙役**吆喝**着開道，路人紛紛往兩旁讓路躲避。他們也停下腳步看看究竟是怎麼一回事。

只見兩行衙役之後，駛來一輛囚車，劉備他們以為是逮捕了哪個黃巾軍的首領押往大牢去。但是等到囚車駛近，劉備一望車上的囚犯，不禁大吃一驚——那囚犯不是別人，竟是他的恩師盧植！只見被關在囚籠裏的盧大師**形容枯槁**、衣衫不整，一失往日風采。劉備忙向路旁一老者打聽：「車上押着的不是盧江太守盧植嗎？怎麼成了囚犯了？」

　　老者歎口氣輕聲回答說：「唉，大家都在傳說這是冤案一樁啊！盧太守被任命為北中郎將去打黃巾軍，本來打得好好的，已經包圍了退到廣宗城的張角。這時靈帝派來一個叫左豐的宦官去視察軍情，盧植沒有賄賂這個小官，他就向靈帝誣告說盧植消極抗

敵，躲在營帳內不進攻。靈帝大怒，命令用囚車把盧太守從前線押回京城問罪。看，好端端的一位將領落得這個下場！」

劉備聽了又氣又怒，一旁的張飛更是想拔刀追上前去劫囚車。劉備攔住了他，說：「三弟別衝動！」關羽也勸道：「如今我們也是通緝犯了，你衝上去不是自投羅網嗎？更何況，押車的衙役眾多，我們三人是成不了事的，暫且忍下這口氣吧！」

三人壓下心中怒火，眼睜睜看著囚車遠去，劉備只能仰頭長歎，暗暗祈求盧大師此去能為他自己表白，獲朝

廷輕判。

劉備帶領關、張先去代州投奔同室宗親劉恢。劉備老老實實向劉恢說了事情經過，懇求道：「現在小弟是**無路可走**了，望哥能暫為收留，一有機會即當離去，不想連累大哥。」

劉恢是個正直的人，也念在劉備是同宗兄弟，便把他們藏在家中，不讓外人知道。三人總算有了一個**棲身之地**。

第四章
平原縣令人讚頌

顛沛流離

劉恢知道劉備三人能打，後來就把他們推薦給幽州劉虞。劉備被任命為都尉，是個武官。

劉備跟隨大將軍何進在下邳殺黃巾軍有功，升官為高唐縣令。但是後來黃巾軍圍攻高唐，兵力薄弱的劉備**寡不敵眾**，在戰役中失利，只得棄城逃跑。

劉關張三人又流落他鄉，無處可立足。

關羽出主意說：「大哥，你的老同學公孫瓚不是在幽州嗎？我們何不到他那裏去暫作停留？」

張飛也同意：「對，公孫公一定不會拒絕你的。」

劉備也覺得眼前只有這條路可走了：公孫瓚的駐地不遠，兩人又有舊交情，看來只有如此做了。

那時公孫瓚是中郎將──高級武官，見到劉備前來自是歡喜。他對劉備說：「打仗有勝有敗，是**兵家常事**，不必氣餒。你是有潛力的，將來一定大有可為。朝廷需要你！」公孫瓚把劉備歷來的戰功上表朝廷，取消

了對劉備的通緝令，並任命他為別部司馬。

那天，劉備和關、張兩兄弟在議論這一官職。

張飛很不理解：「別部司馬？這是什麼級別的？與司馬有什麼關係？」

劉備解釋說：「司馬是大將軍的屬官，掌管兵事，包括治軍和徵兵這些事。將軍帶領的士兵由軍司馬統率，其他統領別部的就是別部司馬了。這官職沒有正式編制，兵力多少也沒有規定，很隨意的。」

關羽不滿地說：「什麼別部司馬，只是一個低級軍官而已，看來是安撫

大哥這樣有戰功而無背景之人的手段！」

劉備**心安理得**：「不要發這麼多的牢騷，職位只是一個名稱，我們盡力做好本分吧！」

＊　　　＊　　　＊　　　＊

這是公元190年的事，劉備三十歲。自此開始到他立足南郡，這二十年間，劉備一直過着顛沛流離的生活。

正因為他的實力不足，但又心懷匡扶漢室、殺敵護帝的大志，所以只能先後投靠六個勢力強大的諸侯（盧植之後為公孫瓚、陶謙、曹操、袁紹、

劉表），參加**剿匪鋤奸**的各項戰事，足跡遍及大半個中國，立下不少**汗馬功勞**。

二十年裏，劉備的人生跌宕，有起有落，也遭遇了不少失敗挫折；但是他堅韌不拔，跌倒了再爬起來。

而且，因為他仁厚的人格、堅強的意志而獲得多人稱道與尊敬，所以劉備能獲得多方支持和幫助；也有結義兄弟關、張的**始終不棄**、忠心追隨相護，協同作戰。

劉備始終為復興漢室而努力，在這過程中，有不少動人的故事，我們將娓娓道來。

抗董立功

　　東漢末年，權臣董卓霸佔朝廷重位，掌控大權，為人殘暴，**野心勃勃**，為所欲為，朝內文武大臣都為國家命運憂心忡忡。公元190年，十八路諸侯組成討伐董卓聯盟，推選渤海太守袁紹為盟主，召集各州出兵伐董。

關、張與劉備談及這個聯盟。

「成立聯盟是好事，董卓這樣的壞蛋是要鏟除。但是袁紹是什麼來頭？由他來當盟主……」張飛表示了自己的疑問。

劉備解釋說：「別小看袁紹，他的**門第顯赫**，自曾祖父起四代中有五人是朝廷三公，所以他的家族有『四世三公』之稱。他是很有計謀的人，朝廷內宦官和外戚爭鬥激烈的時候，他**隱居不出**，拒絕當官，不想捲入這場紛爭。後來經大將軍何進力邀才出任中郎將，還曾扶助劉辯登上帝位。後來因為不同意董卓要廢除劉辯、立劉

協為帝而使二人反目。他的實力比較雄厚，也曾廣交士友，所以理所當然被推舉為盟主。」

關羽說：「看來袁紹是對抗董卓的核心人物，我們理當大力協助。」

劉備點頭稱是：「對！我們三兄弟這次要奮力參戰，鏟除朝廷內的這個毒瘤，才能使漢室強大起來！」

諸侯聯合的這支關東叛軍大大激怒了董卓，他首先採取了嚴屬的懲罰行動，屠殺了袁氏家族五十餘人。袁紹得知後**怒不可遏**，發誓要為家族**報仇雪恨**。

董卓和手下猛將呂布坐鎮首都洛陽

指揮鎮壓叛軍，各路諸侯都懼怕董卓的強大西涼軍，不敢行動。只有孫堅率領的一支人馬從長沙出發北上，起初出戰順利，後來在直攻洛陽時敗下陣來。劉備對關、張說：「看來我們出戰的機會到了，給他們看看我們的厲害！」

公孫瓚去參加聯盟軍的將領會議，劉備帶了關、張在路上為他接風。公孫瓚見到劉備這兩位威風凜凜的**弓馬步手**讚不絕口，說：「不能埋沒了這兩位英雄！如今董卓作亂，天下諸侯都起兵聲討他，我們一起去伐賊力保漢室，好嗎？」

　　劉關張三人齊聲應好。於是公孫瓚帶他們去見曹操、袁紹，介紹了劉備的出身和歷年戰功。袁紹聽說劉備是皇室宗親後，便招待劉備坐下，並親手遞茶。

　　正在此時，探子來報說董卓的猛將**華雄在陣前挑戰**，袁紹問：「誰敢前去接戰？」先後有兩名將軍出去迎戰，但都被華雄斬死。眾將大驚，誰也不敢再站出來了。

　　袁紹長歎一聲，環顧四周，見劉備身後站着兩名相貌不凡的將領，便問兩人是誰？公孫瓚介紹說：「那是劉玄德的兩名結義弟兄——關羽和張

飛，是弓馬步手，他們在破黃巾軍時
屢建戰功。」

　　還沒等袁紹開口，劉備向關羽**丟
了一個眼色**，關羽起立高聲說道：
「末將願前往斬殺華雄！」

　　袁紹見他只是劉備手下的一名馬弓
手，便說：「聯軍的將領不少呢，何
勞你出馬？」

　　關羽毅然發誓道：「若我殺不了華
雄，願砍下自己的腦袋！」

　　劉備忙道：「不妨讓他去試試！」

　　在座的曹操很欣賞這名九尺高大漢
的那股**氣概**，便斟了一杯酒給他說：
「先喝了這酒壯壯膽吧！」

關羽瀟灑地說：「待我殺敵回來再飲！」說罷，提了青龍偃月刀大步走出軍帳。果然，沒過多久，他就提着華雄的頭顱回來。

眾將齊聲叫好，劉備更是滿心歡喜，連聲誇讚道：「二弟果真不凡！」

曹操端起酒杯遞給關羽，發現那杯酒還是溫熱的。「**溫酒斬華雄**」的故事傳遍全軍。

董卓喪失了猛將，很是惱火，立刻派出超級猛將、義子呂布出戰。呂布是以勇猛聞名的年輕將領，騎一匹赤兔馬。他在離洛陽五十里路的虎牢關紮營，果真把聯軍打得落花流水，報了華雄的仇。

呂布乘勝追擊，又在陣前喊戰。袁紹與劉備商量：「戰場的形勢不妙，

兵將的士氣低落，如果能殺了呂布，對付董卓就容易了。能否請玄德再派關羽上陣，一振軍心？」

劉備與關羽一起來到陣前。這時，公孫瓚揮動長矛正在對付呂布，但是戰了幾個回合就敗下陣來。呂布騎馬追殺，正舉起手中畫戟要刺向公孫瓚後背時，張飛揮舞着一丈八尺長的蛇鋼矛衝出來大喝道：「小子休得無禮，翼德在此取你腦袋！」

公孫瓚趁機退出。張飛與呂布打了五十多回合不分勝負。關羽在旁看得不耐煩，拍馬前來協同作戰。三人交手三十多回合還是不見高低。

劉備看得**手癢**了，騎着黃鬃馬、揮動着雙股劍也來參戰。三兄弟圍着呂布輪番刺殺，你來我去殺聲連連，刀光劍影各顯神通，雙方士兵都看得發呆了。

呂布畢竟敵不過三人圍攻，漸漸感到力不從心，就舉起畫戟向劉備猛刺過去，趁劉備側身一躲時露出的空檔衝了出去。三兄弟猛追到虎牢關下，關口的士兵接應了呂布，萬箭齊發，劉備三人這才不得不收兵回營。

這就是史上聞名的一場強將之戰——「三英戰呂布」。

——以德治縣——

董卓見政府軍打不贏聯軍，首都仍受到威脅，便一把火燒了洛陽，遷都到長安。

關、張兩人原本打得高興，就向劉備請戰：「讓我們趁勝追擊，一路殺過去吧！」

劉備歎氣道：「事情沒我們想像中的容易。假如聯軍齊心的話，趁董卓遷都萬事紛亂之際，本可追殺過去，除掉奸賊。但是……」

關羽忙問道：「怎麼？為什麼不能這樣做？」

「人一多，心就不齊了。孫堅

主張立即去洛陽滅火，挽救首都；曹操主張往西出兵追殺董卓；但是袁紹卻打算約公孫瓚一起去奪冀州……其他諸侯都不想再出兵。看來聯軍難以維持下去了。」

張飛**熱血沸騰**地說：「大哥，我們拉隊伍去追殺董卓，我不信就不會

成功!」

劉備冷靜地說:「三弟莫衝動。按我們目前的兵力是完成不了這麼巨大的任務的。」

這是實際情況,關張兩人也只得**低頭無語**。

果然,聯軍因大家意見不合而解散了,討伐董卓的行動就如此不光彩地結束。之後各諸侯互相爭奪地盤,袁紹趁機佔領了冀州,後又去奪青州和并州。191年,劉備和青州刺史田楷一起對抗冀州牧袁紹,屢建戰功,公孫瓚派他擔任平原縣令,後又升為平原國的國相。

　　關、張兩人為劉備的升官非常高興，齊聲向他祝賀：「大哥，總算升到郡級的官員了，前途光明！」

　　劉備說：「職位高了，責任也重了。現在能有機會為全郡百姓服務，一定不辜負大家的期望，踏踏實實做些事。」

劉備這樣說，也這樣做。

那段時期，遼東很不太平，中山太守張純因為不滿自己沒升職，就和泰山太守張舉一起聯絡了烏丸族大王丘力居發動叛亂，自立王國稱天子。他們在河北郡縣一帶搶掠財物、殘害百姓，弄得**人心惶惶**、民不安生。

劉備常與關、張二人談起這些事，憂心忡忡地說：「我們的兵力還不夠，不然真想與這些奸賊拚了！」

關羽也說：「真想不到他們居然聚集起十幾萬人馬。何況烏丸人都是精銳的騎兵，來去如風，不好對付。」

那天，劉備帶來了好消息──朝廷

為對付這股叛軍，特地成立一支精悍的騎兵隊，由具有豐富戰鬥經驗的公孫瓚帶領。他挑選了數十名善於騎馬射箭的士兵，組成了騎士團。

「公孫兄出征討伐叛賊，要我們配合一起出戰！」劉備說。

「那當然，怎麼能少得了我們兄弟三人！」張飛摩拳擦掌。

關羽也非常興奮：「有了公孫將軍的騎士團帶領，我們就有了用武之地了！」

正好此時有一員年輕猛將趙雲，字子龍，曾先後在袁紹和公孫瓚手下待過。他為人耿直，很欽佩劉備的忠

厚為人，慕名而來投奔。趙雲擅於騎術，所以在劉備這裏就被任命帶領一支騎兵部隊。這無疑是讓劉備**如虎添翼**。

劉備積極出兵協助公孫瓚對付叛軍，把境內的叛軍消滅得乾乾淨淨。平原百姓齊聲稱讚道：「劉縣令一

來，匪賊無影無蹤，我們才有了太平
日子！」

劉備原本就很善於與人交往，當上
大官後也沒有官架子，**平易近人**。有
時關羽和張飛到縣府去找他，總是不
見他在那裏坐鎮。問衛兵：「劉縣令
呢？」回答總是：「上街去了。」

關張兩人就到街上去找他，只見劉
備常坐在普通小酒館裏**與百姓對飲**，
或是走訪平民家庭。有時有些下層官
吏或百姓到縣府見他，劉備一律熱情
招待。若是用餐時間，便招呼一起坐
下吃飯喝酒，猶如多年之交的朋友；
平日在縣府就和下屬官員同桌吃飯，

沒有特殊的餐點。關羽有些看不慣，
告誡劉備說：「作為縣令官，你也不
能太隨便，對平民百姓還是要保持**威
嚴**，有一定的距離啊！」

　　劉備笑笑回答道：「做官的威嚴不
是靠擺出來的，而是要實實在在為百
姓做事，百姓才會敬服你，才能心悅

誠服地擁護你。」

平原的人們沒有了內患外憂，就專注生產。劉備任內總算**風調雨順**，經濟發展良好。劉備很高興地對關、張兩弟說：「現在我們手頭也有了些錢糧軍馬，不像以前到處碰壁的時候一無所有。」

關、張也說：「總算暫時脫離了漂泊不定的日子，安定下來了。真是不容易啊！」

「我們要珍惜眼前的安穩日子，好好**休養生息**，積聚力量，以圖日後更大的發展。」劉備說。

有一年，平原一帶幾個縣都發生

了旱災，田裏的**莊稼歉收**，老百姓缺糧少食，只得啃樹皮挖野草，很多人上街乞討或是向外逃荒了。劉備召集官員共同商量對策，大家提出了很多節約開支、減少稅收等措施。劉備當場宣布：拿出自己的官餉和家中的積蓄，在街頭設置**施粥**攤位，不能讓百姓餓死！在他的帶頭下，縣府大小官吏都捐錢救濟災民，大大減輕了那年的災情。

寬厚仁義的性格和**愛民如子**的情懷，使劉備獲得了百姓的敬佩和愛戴。他在縣裏的聲望很高，深得人心。

　　一天晚上，劉備正準備吃晚飯，忽聽得院子裏有聲響。他走出房門一看，一個陌生漢子**氣勢洶洶**闖了進來，看來神情還有些慌亂。劉備以為他是前來申冤告狀的，便好聲安撫他說：「別緊張，先坐下，有話慢慢說。」同時還叫家人給這漢子倒茶水、加一副碗筷一起吃飯。

　　那漢子想不到堂堂縣令竟是如此**和藹可親**、平等待人，並不是像以前那些官老爺那樣的**盛氣凌人**、欺壓百姓。他感動得流下了眼淚，放下茶碗，撲通一聲跪在了劉備面前，顫聲說道：「縣令大人，我……我……我

慚愧⋯⋯」

　　劉備不明所以，連忙把他扶起問是
怎麼一回事。

　　那漢子這才說，他是被人派來刺
殺劉備的！原來劉備有一個仇人，很
妒忌劉備，認為是劉備妨礙了他的升

官之路，一直想剷除這根**眼中釘**。刺客對劉備說：「我本來是要來害大人的，想不到大人對我這麼好，我怎忍心殺害這樣的好人呢！」

劉備非但沒有責罰他，反而賞了他幾兩銀子放他走。後來人們知道了這件事，都說：得人心到如此地步，真令人感動！

第五章
義助陶謙接徐州

援陶抗曹

興平元年，也即公元194年，有一天劉備收到北海太守孔融的一封信，讀後興奮得大叫：「這是真的嗎？大名鼎鼎的孔北海也知道我，會來向我求援？」

關、張二人見他這樣激動，急忙圍上來問是什麼事。

劉備說：「你們都知道曹操和徐州牧陶謙之間發生的誤會吧？現在曹操大舉進攻徐州，陶謙抵抗不住了，要

青州的田楷和我去幫忙。」

張飛不太了解局勢，問這是怎麼一回事呢？

原來曹操的父親曹嵩本來住在徐州境內躲避兵災，後來曹操佔領了兗州，消滅了那裏的黃巾殘軍，就想把父親接過來**頤養天年**。

陶謙，字恭祖，是徐州太守，好心派了部下張闓護送。誰知張闓殺了曹嵩，搶了他的全部財物逃之天天。曹操大怒，以為陶謙是主謀，率領大軍進攻徐州，攻下了十多個城鎮，殺了幾十萬百姓。陶謙無力對抗，就寫信向北海孔融和青州田楷求助。

　　孔融收到信後很為難，他知道曹操勢力強大，自己根本不是他的對手；外加自己境內黃巾餘部還在搗亂，已經很難對付了，還怎麼去幫陶謙？後來他想到劉備是位仁厚的人，聲譽很好，目前也有一定實力，若是向他求援，也許能解徐州之圍。於是孔融就連夜派人帶信去平原見劉備，所以就出現了剛才劉備驚喜的一幕。

　　張飛這才明白了事情的**來龍去脈**，高興地說：「這說明現在大哥的**聲名遠揚**，各方諸侯都知道大哥為人厚道，公正無私，所以有困難就要來

找大哥幫忙。」

關羽補充說：「何況我們平原和田楷的青州，都離徐州不遠，出兵方便。曹操如此殘暴毒殺平民百姓，要好好懲罰他！」

於是劉備就整兵準備出征。他手下有一千多士兵和幽州的少數民族烏丸胡騎，又從飢民中**招募**了幾千人入伍，帶領了共約三千人趕到北海見孔融。

孔融見劉備盡速趕來救援，很是感動，少不得說了很多感謝的話。兩人坐下商談，孔融問了劉備的兵力情況後說：「曹操的大軍以騎兵為主，

而徐州兵團主要是步兵，所以不敵凶猛的騎兵武力，被徹底**打垮**了。現在陶謙只好躲在徐州府的所在地郯城死守，曹軍已經多次攻城，尚未得手，情勢十分危急。」

劉備說：「這樣看來，我的三千人馬恐怕不足以對付曹軍。這樣吧，我再想想辦法，或可與陶謙共用兵力，再向公孫瓚借點兵力。」

他請孔融先行一步，前去告訴陶謙自己在路上，讓他寬心。

陶謙得知劉備在積極設法加強實力前來援助，很是感激，就撥四千人準備協助劉備，公孫瓚也借兵二千。

於是劉備自己和關、張二人率領
三千人馬先行，趙雲率領借來的兩千
士兵隨後，浩浩蕩
蕩向徐州出發。

　　青州的田楷也準備發兵。這樣，陶謙才稍覺安心。

　　孔融和田楷帶兵到徐州，因為懼怕強大的曹軍，所以只是遠遠紮下營來，不敢貿然行動。

　　曹操看見來了兩路援軍幫助陶謙，又聽說劉備也應邀參戰，他怕受到多方圍攻，也就不敢輕易攻城，靜觀形勢發展。

　　劉備帶軍趕到，見雙方都**按兵不動**，處在僵持狀態，便與幾位將領商量對策。

　　關、張兩將極力主張趁各路大軍都已在位，氣勢強大，士氣也旺，速速

進攻曹營，把他們趕走完事。

趙雲是個很有頭腦的年輕將領，說：「我們尚不知曹軍目前的軍力如何，先不能傾全力去進攻。」

劉備說：「你們兩個意見都對。這樣吧，我們全面考慮，多手準備。雲長、子龍，你們帶四千人在此，**提防**曹軍進攻；翼德與我先去與曹軍較量一下，**試探**他們的實力。然後衝進城去與陶謙商量一下。」

劉備和張飛到曹營前挑戰，曹操見沒有大軍前來，就派一般將領打鬥了十多個回合。劉備趁機往前殺了過去，直達郯城城下。

　　陶謙在城門上見到一支軍隊來到，高高飄揚的紅旗上繡有「**平原劉玄德**」五個白字，連忙命士兵打開城門迎接劉備進城，並設宴款待。

　　陶謙以前沒見過劉備，只見眼前的劉備儀表堂堂，舉止不凡，心中欣

喜，説：「久仰玄德大名，**緣慳一面**，今日得以相見，果真是當世英雄！素聞玄德仁義為懷、**厚德載物**，今親領軍來解弟圍，弟不勝感激，請受一拜！」

劉備趕忙還禮，謙遜地說道：「**抵抗強悍**，維護公義，本是我等的公職。曹操與您恭祖之間本是一場誤會，現竟變成了禍害平民百姓的戰爭，我們應該同心協力解除這危機。」

想不到陶謙在席間取出徐州的牌印，説：「玄德兄既然已來到此地，就請接下這牌印，掌管徐州吧！」

劉備大驚，推辭道：「使不得啊，使不得！我做平原相還不稱職呢，怎可接此重擔？難道恭祖兄以為我來此是想吞併徐州嗎？」

陶謙再三解釋説，是自己**才疏學淺**，管不好徐州，希望劉備接任。他一再懇請，劉備也一再退讓，就是不答應。

劉備説：「我們還是好好商量如何對付城門口的曹操吧！我的意思是，讓我先寫一封信給他，解釋造成誤會的事件經過，勸他**收兵和解**。如果他執意要打，那時就認真與他拚！」

　　眾人都同意這個做法。劉備就寫了信派人送去曹營。

　　曹操閱信後大怒，説：「這不起眼的劉玄德還想來説服我？也太不自量力了！」

　　他正和手下將領商量如何行動，忽然有人來報告説老家出了大事！原來曹操的好友張邈和部屬陳宮竟然背叛了他，勾結呂布攻破了兖州，正向濮陽進發。兖州是曹操的大本營，發展實力的根據地，失去了兖州他就無處立足了。

　　於是曹操急速退兵，返回兖州去對付呂布。徐州之圍竟這樣不戰而解。

義接徐州

曹操一夜之間就這樣**無聲無息**地撤了兵，陶謙高興得不在話下。但是他也知道，這次自己與曹操結下了怨仇，曹操是不會輕易放過他的，遲早還會來找他麻煩。

因此陶謙很早就上表請奏劉備為豫州刺史，一方面是感恩劉備的出手相助，另一方面希望劉備能夠留下來作為他的依靠。

關羽和張飛對這一任命起初非常興奮，但是劉備對他們說：「這不是朝廷的正式任命，是沒有實際領地的，也不能對豫州實行統治權。」

關羽還是**興致勃勃**：「不管怎麼說，名義上大哥已是升到了高級官員，還是值得慶幸的。」

的確如此，這一提升對劉備的發展是很關鍵的：自此他能躋身於上層官吏階層，聲望又提高了一步，而且還多了一個別號——「**劉豫州**」。

為了慶賀戰事結束、回復太平日子，陶謙舉行了盛大的慶祝宴會，邀請劉關張三人以及田楷、孔融、趙雲等人出席。

席間，陶謙請劉備入正座，然後自己**整整衣冠**，**恭恭敬敬**向劉備一拜，說：「我恭祖已經年邁多病，兩

兒無能，不能繼承護國重任。玄德公
是皇室後代，德高望重，請來統領徐
州，讓我退下治病、頤養天年。」

　　劉備慌忙站起，扶住陶謙說：
「我是為了主持公義而來到此地，怎
可趁機把徐州佔為己有，這豈不成了
不義之徒？使不得，使不得！」

132

陶謙又再三力邀，他的手下也紛紛勸說劉備接受，連關羽張飛也覺得陶謙此舉合情合理。但劉備就是不肯答應，說：「你們別**陷我於不義之境地**啊！我玄德是不能這樣做的。」

陶謙說服不了劉備，只得提出最後要求——希望劉備暫且別回去，屯駐附近的小沛，幫助保衛徐州。這下劉備只得點頭應允了。

陶謙還撥兵四千給劉備。劉備帶兵來到小沛，動員軍民修固城牆、**深挖壕溝**、訓練士兵、安撫百姓，積極做好防禦工作。

劉備還提拔了一位能**體察民情**、學識淵博的縣長陳登為典農校尉，專管農事。陳登考察當地土壤情況，開發水利灌溉，發展農業生產，使全州百姓不缺糧食，安居樂業。

陶謙本就體弱多病，年事也高。不久，他就病重而臥牀不起了。

臨終前，陶謙對身邊的佐官糜竺說：「能使徐州安定的，非劉備不可！」

糜竺也同意這個想法，並且說：「若能請得劉公接管徐州，能防止曹操再帶軍入侵，想必劉公也不好再**推辭**了。」於是陶謙便派人到小沛去請

劉備過來。

劉關張三人來到陶謙病榻前，陶謙**誠懇**地對劉備說：「我已危在旦夕，還希望玄德能以漢室為重，接受徐州牌印，保住這塊疆土！」

劉備認為自己若這樣做是不義，還是沒有答應。陶謙過世後，糜竺和陳登、孔融等人帶着一羣百姓敲鑼打鼓來小沛請劉備出馬，以保徐州百姓的安寧。

劉備推辭，陳登便說：「如今漢室危殆，國內大亂，護國建功就在今日。徐州是塊**富庶**之地，人口有百萬，委屈您劉公前來掌管，亦是一眾

百姓之願望。」

劉備說：「袁術公近在壽春，有四世三公的家族史，比我有資格掌管徐州。」

陳登回答道：「袁公為人驕橫自大，不是治國人才。現在我們將會為您準備步兵和騎兵十萬，您可以扶助朝廷、**安民濟世**，建立功名；也可立足發展，成就建霸事業。假如劉公不採納我們的意見，那我以後也不會聽從您的話了。」

北海太守孔融也對劉備說：「袁公他哪裏是個**憂國憂民**的人？他只不過是墳墓中的一具枯骨，不足一提！今天

此事，百姓是在推選賢良能人。這是天賜的機會，失去的話可不要後悔啊！」

既是陶謙臨終遺言，又是百姓情願，加上幾位要人的中肯分析和誠摯請求，關羽和張飛也在一旁勸說，劉備終於不能再推辭，**答應接管徐州**。

於是劉備一方面調動兵馬入城安防，貼出安民告示穩定民心；另一方面隆重辦理陶謙喪事，並把這些變動申報上奏朝廷。

徐州方面，從徐州牧陶謙到手下官員、廣大民眾，都是心悅誠服地擁護劉備，欣賞敬佩他的為人仁厚、**高**

風亮節、才德兼備，希望他能掌管徐州。

而在劉備這方，也是真心誠意地多次推辭，認為這樣做會被人認為是**乘人之危**搶奪地盤的舉動，覺得自己不應該這樣做，也不想陷自己於不義之境地。

所以此事一拖再拖、一誤再誤，但後來劉備終究拗不過民意，也覺得眾人的分析與勸說合乎情理，才接受了這項重任。

自此劉備從一個小小縣令，提升為州級官員，也**列入了諸侯的行列**。這是劉備一生事業發展的轉折點，儘

管日後還是遇到不少失敗挫折，但是
劉備這個名字已經傳播四方，他的獨
特性格和為人特點也廣為人知了。

劉備堅韌不拔，
終成三國鼎立漢中王！

下冊預告

　　承接第三冊，劉備在接掌徐州後，卻因誤信呂布而被奪走徐州的控制權。劉備除奸救帝不遂，更引起曹操的猜忌之心，故先後投奔袁紹、劉表。連連失利，劉備求賢心切，決定三顧茅廬，終打動諸葛亮出山輔助，自此真可如魚得水⋯⋯

**欲知後事如何，
且看《三國風雲人物傳4》！**

三國風雲人物傳 3
顛沛英雄劉備

作　　者	：宋詒瑞
插　　圖	：二三
責任編輯	：林可欣
美術設計	：李成宇
出　　版	：新雅文化事業有限公司
	香港英皇道 499 號北角工業大廈 18 樓
	電話：(852) 2138 7998
	傳真：(852) 2597 4003
	網址：http://www.sunya.com.hk
	電郵：marketing@sunya.com.hk
發　　行	：香港聯合書刊物流有限公司
	香港荃灣德士古道 220-248 號荃灣工業中心 16 樓
	電話：(852) 2150 2100
	傳真：(852) 2407 3062
	電郵：info@suplogistics.com.hk
印　　刷	：中華商務彩色印刷有限公司
	香港新界大埔汀麗路 36 號
版　　次	：二〇二二年二月初版
	二〇二三年九月第二次印刷

ISBN: 978-962-08-7923-4
© 2022 Sun Ya Publications (HK) Ltd.
18/F, North Point Industrial Building, 499 King's Road, Hong Kong
Published in Hong Kong SAR, China
Printed in China

三國風雲人物傳

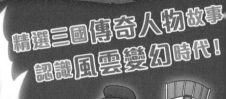